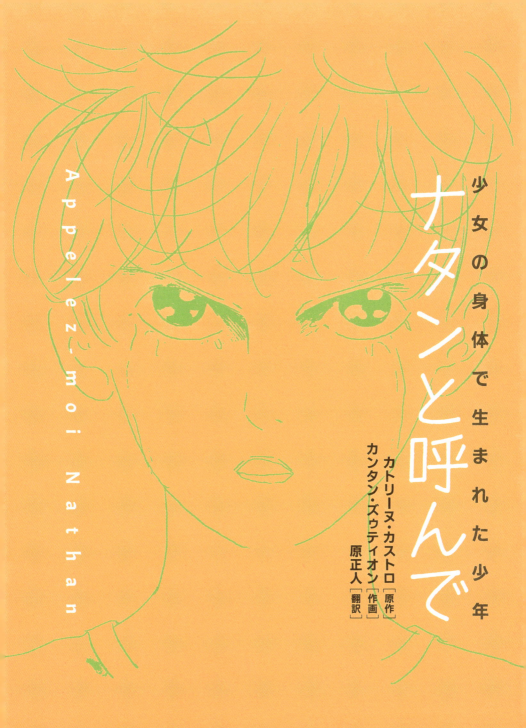

Originally published in French under the following title:
"Appelez-moi Nathan" by Catherine Castro & Quentin Zuttion
©2018, Editions Payot & Rivages

Japanese translation rights arranged with
EDITIONS PAYOT & RIVAGES
through Japan UNI Agency, Inc., Tokyo

どこから語り始めたらいいだろう——例えば母を喜ばせようとワンピースを着た日のこと？

結局、5分で脱いでしまった。

あるいは水球の授業でバカにされたときのこと。

祖母のクリスマスプレゼントがハローキティのリュックだったときのこと。

でもやっぱり人生に絶望したあの日のことから始めよう。
「絶望」は言い過ぎかな……。ちょっと重いよね。だから言い直そう。
あの日、思わず心の中でつぶやいた。

なんだよ、これ？

そうつぶやいたあの夏のことは一生忘れないだろう。

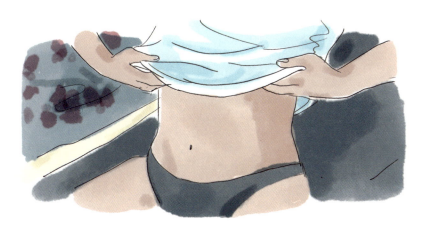

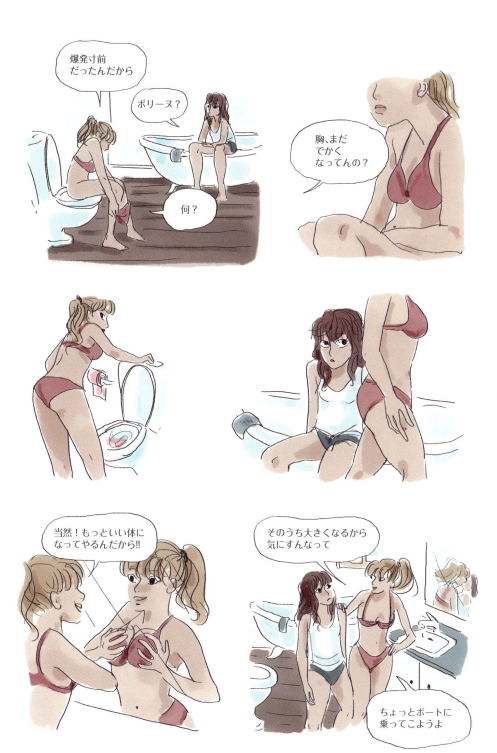

ヴァカンス※が終わってうれしかったのは初めてだった。
これでもう裸で歩き回らなくて済む。

※長期休暇のこと。フランス語圏には複数のヴァカンスがあるが、日本と同じように夏のヴァカンスが長く、学生たちは約2ヵ月間、労働者も数週間休みをとって避暑地などを訪れる習わしになっている。

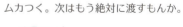

大好きな友達たち。女でサッカーをするのは自分だけだった。でも、みんないつも「リラは他の女子とは違うからな」って言ってくれた。みんな大好きだよ、死ぬまでずっと。

※日本での中学1年生にあたる。

最近どうもイライラしてしまう。人と会えば口喧嘩ばかり。なんだか喉が詰まったようで苦しい。口に入れたライチの実がうまく噛み切れないみたいな感じ。ライチがそのまま腐って、いつか死んじゃいそう。

こっちこそ殴ってやる。おまえら**全員**ぶん殴る。

子どもの頃は絶対泣いたりしなかった。お店でおもちゃをねだるとき以外は……。

Though they try to slow me down...
足を引っ張ろうとする人たちがいるけど…

I can tune them out.
そんな人たちに耳を貸すもんか

※アレッシア・カーラ（Alessia Cara）「The Other Side」

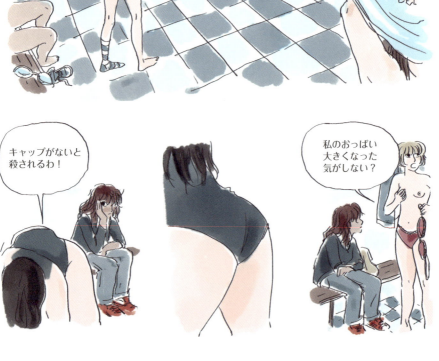

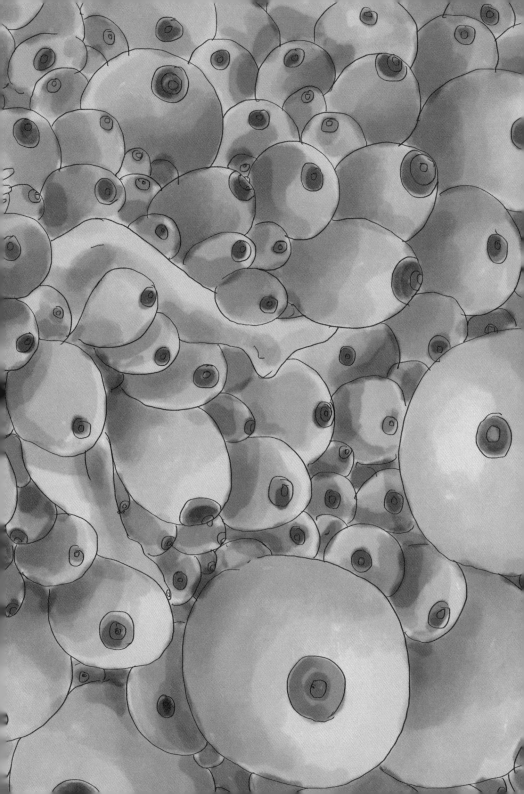

生理がきた。ムカつく。

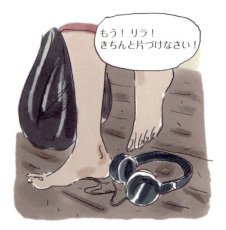

※ラモット゠ブーヴロン駅。フランス中部の村。

女の子が好きだ。女の子のお尻や胸や髪に惹かれる。女の子はきれいだからいい。
特にフォスティーヌは……。

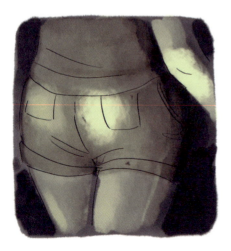

私が若い頃はどうだったっけ？

最悪だったのは確実ね。大人の目を避けるように
生きていたっけ。大きい胸がほしかった。
男と寝たかった。家から逃げ出したかった。

わからないわよ。あなたがどうなっちゃったのか。苦しんでるのはわかる。
でも、どうやったら助けてあげられるのかわからない。あなたが怖い。

リラ、私のかわいい娘……。あなたはこの半年後にレズビアンだってカミングアウトすることになる。そんなこと夢にも思ってみなかった。

別に戦争に行くわけじゃないんだから、認めてあげなきゃ……。

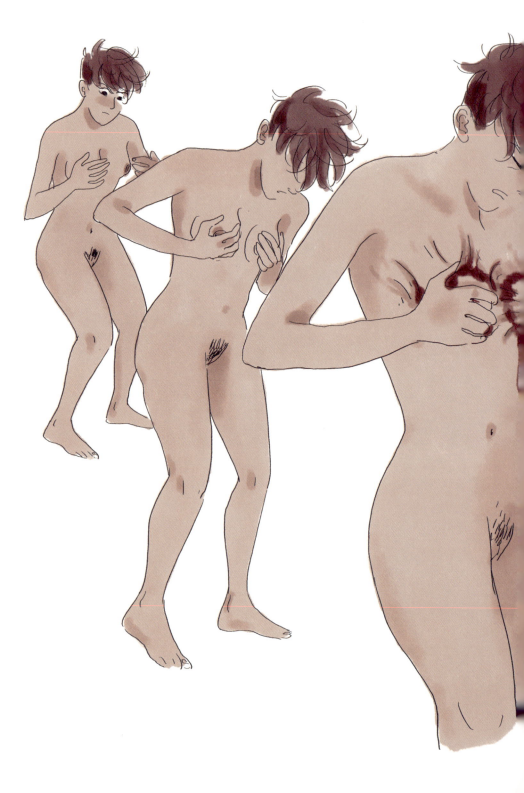

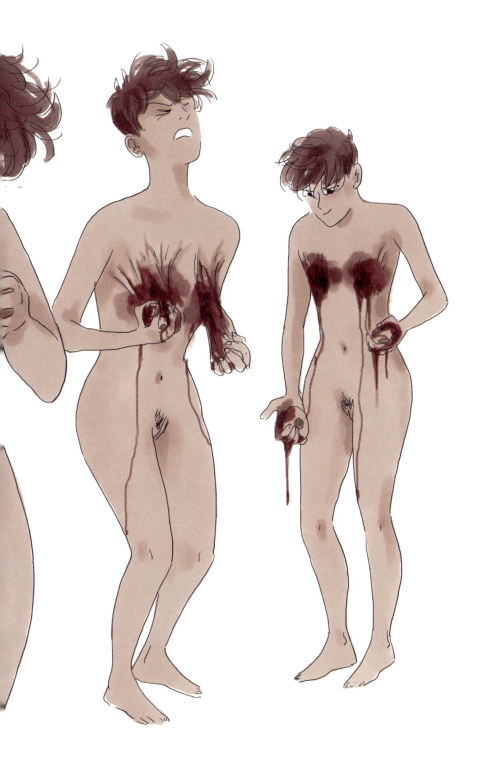

中学では下級生たちから慕われてる。まるでスクールカウンセラー。
カウンセラーなんてほんとは何もわかっちゃいないんだけどね。

自分が嫌になる。

愛読者カード

このたびは小社の本をお買い上げ頂き、ありがとうございます。今後の企画の参考とさせて頂きますのでお手数ですが、ご記入の上お送り下さい。

書 名

本書についてのご感想をお聞かせ下さい。また、今後の出版物についてのご意見などを、お寄せ下さい。

◎購読注文書◎　　　ご注文日　　年　　月　　日

書　　　名	冊　数

代金は本の発送の際、振替用紙を同封いたしますので、それでお支払い下さい。
（2冊以上送料無料）

　　　なおご注文は　　FAX　　03-3239-8272　　または
　　　　　　　　　　メール　　info@kadensha.net
　　　　　　　　　　　　　　　でも受け付けております。

郵便はがき

101-8791

507

料金受取人払郵便

神田局承認

5111

差出有効期間
2020年11月
30日まで

東京都千代田区西神田
2-5-11 出版輸送ビル2F

㈱ 花 伝 社 行

ふりがな お名前	
	お電話
ご住所（〒　　　）
（送り先）	

◎新しい読者をご紹介ください。

ふりがな お名前	
	お電話
ご住所（〒　　　）
（送り先）	

オレは普通じゃない。どこがおかしいんだろう？ 両親は反抗期だろうって……。
そうなんだろうか。どっちみちそう言われたところでなんの助けにもならない。
いったいどうしちゃったんだろう？

Homosexuelle
同性愛者

Identité
アイデンティティ

Peur d'être

Femme
女

Pas née dans le bon corps
生まれつき体がおかしい

Lesbienne !
レズビアンだったらどうしよう！

Anormale ?
異常者？

TRANSGENRE
トランスジェンダー

Garçon dans un corps de fille
心は男で体は女

Homme
男

Je ne suis pas un garçon manqué
私はオナベなんかじゃない

Suis un garçon ?
男なのかな？

Je me sens garçon
自分では男だと思う

TRANSIDENTITÉ
トランスアイデンティティ

Je sais pas qui je suis
自分が誰なのかわからない

Qui suis-je ?
オレは誰なんだろう？

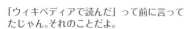

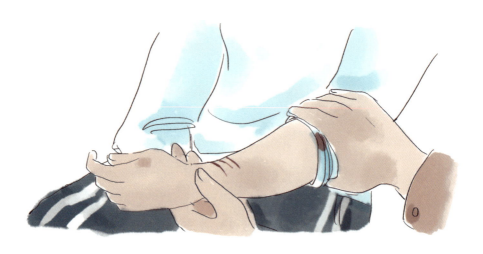

安心して、みんな。別に変なところに入院させられるわけじゃない……。

弟はまだまだ赤ん坊だ。すごくかわいい。

※フランスの中学校では各教科の成績が20点満点でつけられる。

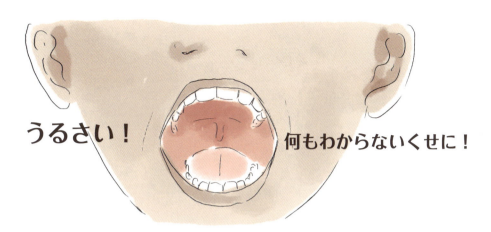

毎年7月14日※になると、母の幼馴染の家でガーデンパーティーが行われる。大統領官邸のガーデンパーティーさながら。みんなステキな人たちで、プールも最高。パリにいたらこの人たちとは会えないのが悲しい。

※フランス革命を記念し、フランス共和国成立を祝うパリ祭が開かれ、当日には大統領官邸であるエリゼ宮殿でガーデンパーティーが行われる。

なんだか変な感じがした。サムとノアは幼馴染だけど、決して親しい間柄じゃない。彼らはオレのことなんて何もわかっちゃいない。昔、一緒に遊んだ女の子というだけ。自分が何者なのか説明しなきゃならなかった。オレが今置かれている奇妙な状況を……。

※ネットフリックスで2013年から放送を開始した女子刑務所を舞台にしたアメリカのドラマ。

両親は怖がっていた。深夜に話しているのが聞こえた。テオも悲しんでいた。

中学校の先生たちはオレのことを何かと気にかけてくれた。わかってくれていたんだと思う。

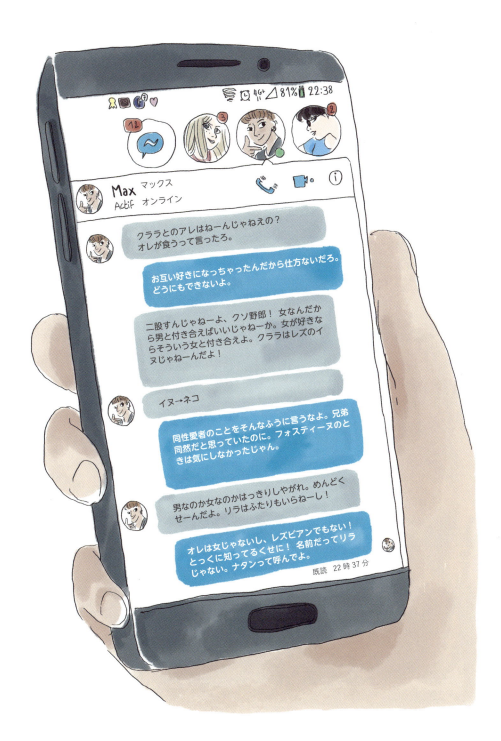

ダングラール先生は『ドラゴンボールZ』に出てくる亀仙人みたいなおじいちゃんだ。
友達みたいな感じで話してくれてすぐに打ち解けた。診察は週に一回1時間。

正式な診断が下りた。オレは頭がおかしいわけじゃなかったんだ。

※ Female to Male の略。「身体的性」は女性だが、「性自認」が男性のトランスジェンダー。または性を移行した人を指す。

ただ何も考えずに打ち込めるスポーツがあってよかった。ボールを蹴りまくる。がむしゃらに……。

ふぅ！ 気持ちいい。

リラは頑張ってる……。

リラ……。いや、考えるな

※パリ西部にあるブーローニュの森は、かつて男娼の売春行為で有名だった場所で、現在も売春が行われる場所として知られる。

※有機農産物、有機加工食品のこと。厳しい基準を満たし認定された商品にはBio（ビオ）マークが付けられる。

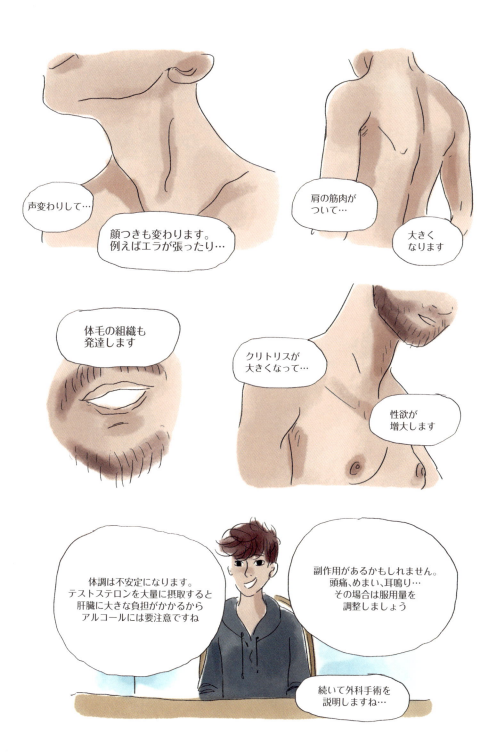

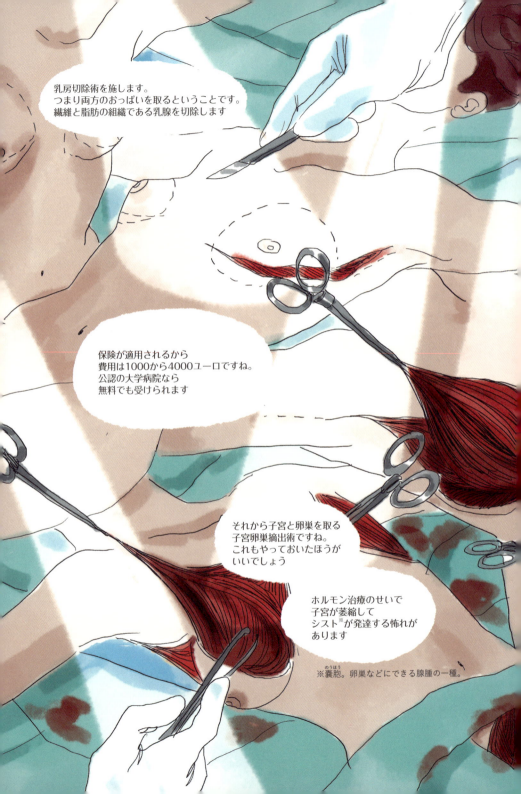

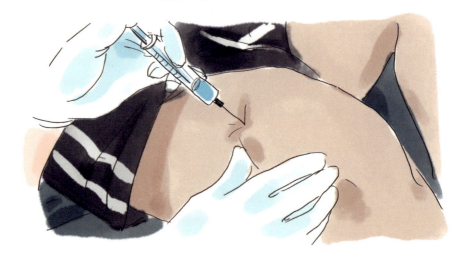

似た境遇の人たちと一緒にいられるのは最高だ！質問されることもないし、説明しなきゃいけないこともない。のけ者にされてきた人たちがここでは一緒にいられる。やっと地に足がついた感じがする。

※1　パリに本拠地がある若者のLGBTの団体。

※2　セクシャルマイノリティの文化を讃えるために毎年6月を中心に世界中で行われるパレード。

※3　2016年6月12日、アメリカのフロリダ州オーランドにあるゲイ・ナイトクラブで起きた銃乱射事件。死傷者100名以上。

新規メッセージ

宛先：info@lyceejeanmonnet.com　　　　　　　　　　　　　Cc　Cci

件名：リラ・モリナ

突然のお便り失礼いたします。
娘のリラ・モリナが貴高等学校の2年次に在籍しております。"娘"と書きましたが、実は娘は今後"息子"となります。以下に経緯を説明いたします。春からリラはホルモン治療を受け、身分証明書と性別の変更に着手しました。精神科医と内分泌科医の診察も受け、今では私たち両親はもちろん、家族や友人、他の誰の目にも男子です。したがって、貴校に在籍する我が子は女子ではなく、今まさに変化の途上にある男子ということになります。名前もナタンに変更し、戸籍簿への登録も済ませてあります。
これから大審裁判所に出頭し、身分証明書の書き換えをするという手続きが残っていますが、今後は貴校でも本来のアイデンティティに合致した名前、ナタン・モリナと呼んでいただければ幸いです。

ご理解のほどよろしくお願い申し上げます。

マドレーヌ・モリナ

姉のことが好きだった。僕をかわいがってくれたから。でも、もうナタンと呼ぶのに慣れた。結局のところ、大して変わっちゃいない。
一番つらいのは他人の視線だ。もちろんナタンの人生なんだから好きにすればいい。でも、僕は僕でボロクソに言われる。いい加減我慢の限界だ。

※フランスの大学入学資格およびその試験のこと。

この傷が好きだ。これは名誉の戦傷。オレはこの戦争に勝ったんだ。

寒くなってきちゃった。戻ろっか？
そうだな

行こ、ナタン
オレはもうちょっとここにいる

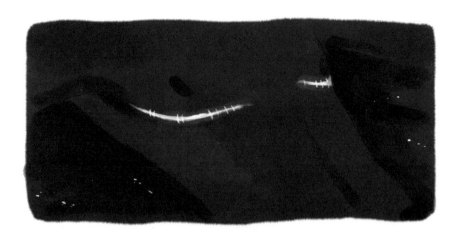

謝辞

　この物語の本当の登場人物たちは匿名であることを望みました。
自分の人生とステキな家族のスーパーヒーローであるあなたに。私を信用してくれてありがとう。
　共著者のカンタンにも感謝を。とてつもない才能を遺憾なく発揮してくれてありがとう。
　魔法の編集者ギヨーム・プリウールに。あなたがいなければこの本は存在しなかったでしょう。
　エレーヌ・フィアマに。信じてくれてありがとう。ポリーヌにも感謝します。
　あなたたちは、愛こそがすべてに立ち向かう手段なんだと証明してくれたのです。

　　　　　　　　　　カトリーヌ・カストロ

　　　　　オディル母さん、ありがとう。

　　　　　カンタン・ズゥティオン

訳者解説

　本書『ナタンと呼んで（Appelez-moi Nathan）』は、2018年9月にフランスで出版されたバンド・デシネ（フランス語圏のマンガのこと）である。原作のカトリーヌ・カストロはフランスの女性誌『マリ・クレール』の記者、作画のカンタン・ズゥティオンはデビューして5年ほどのまだ若い作家で、バンド・デシネ界で圧倒的な知名度があるわけではない。しかし、発売されるやいなや、本書はたちまち話題になり、ドイツ語版とスペイン語版の刊行が決定。この日本語版の出版企画も早々に決まった。

　物語は、主人公リラ・モリナが第5学年（日本の中学1年生にあたる）を迎える直前の夏休みに、強烈な性別違和体験をするところから始まり（フランスの学期は9月に始まって、翌年の7月に終わり、夏のヴァカンスを挟んで再び9月に新学期が始まる）、苦悩に満ちた中学、高校生活を経て、ナタン・モリナに生まれ変わり、これから大学生活を迎えるというところまでを描く。

　日本語で「リラ」と記してもあまりピンとこないかもしれないが、これは女子に与えられる名前で、名前の通り、リラの「身体的性」は女性である。一方、「ナタン」はフランスでとても人気のある男子の名前で、こちらはリラの「性自認」を反映している。

　リラは女性の身体に生まれついたことで苦しむが、周囲の無理解や自身の葛藤を乗り越え、最終的には友人や家族といった人たちの協力をとりつけ、ホルモン治療や性別適合手術を経て、男性ナタンとして本来の性を取り戻すことに成功する。本書は、身体的性と性自認の不一致に引き裂かれた一人のFTM（Female to Male）トランスジェンダーが、割り当てられた性に抗い、自分の居場所を獲得しようとするたたかいの記録なのだ。

　実は主人公のリラ＝ナタンにはモデルがいる。原作のカトリーヌ・カスト

ロは、謝辞で「この物語の本当の登場人物たちは匿名であることを望」んでいる旨を記しているが、本書発売翌月の2018年10月、ルカ（Lucas）と名乗るその人物がカトリーヌとそろって二度テレビに出演し、本書はそれまで以上に話題になった※1※2。実はカトリーヌは、ルカの母親と古くからの知人で、家族ぐるみの付き合いを通じてルカと知り合い、彼の物語に興味を抱くと、実話をベースに脚色を加えてバンド・デシネにすることを提案したという。本書の82ページに主人公の母親が幼馴染の女性に慰められているシーンが描かれているが、その幼馴染と原作者のカトリーヌを重ねてもいいのかもしれない。

　画面に現れたルカは短髪に丸い眼鏡をかけ、顎にはうっすらヒゲを生やしている（本書の帯に本人の写真を掲載した）。声は若干かすれ気味で低い。やや華奢だが、第一印象は一人の若い男性である。立ち居振る舞いには自信がみなぎっている。現在パリ・ソルボンヌ大学の一年次に在籍し、哲学を勉強しているそうだ。

　ふたつの番組で、どうして身元を明かす決意をしたのかと問われたルカは、「この本が実話であることを証明したかった」、「この本の執筆に関われて誇りに思っていることを伝えたかった」、「自分と同じような境遇の若者たちの助けになりたい。自分が12歳だった頃に18歳の当事者がテレビに出演してくれていたらどんなに参考になっただろう」などと答えている。

　ルカが語るように、おそらく本書は発売以来、フランス語圏の少なからぬ数の若い当事者たちに勇気を与えてきたことだろう。身体的性と性自認の不一致に引き裂かれ、苦しみ、怯えている彼ら／彼女らにとって、手軽に読めるバンド・デシネの形で提示されたこの同年代の若者の実話は、かすかであれ、希望の灯(ともしび)であったに違いない。

　元々身体とアイデンティティの問題に興味があり、本書の企画の打診があるとすぐに引き受けたという作画担当のカンタン・ズゥティオンも、とある記事でインタビューに答え、「ハッピーエンドで終わるLGBTI（レズビア

ン・ゲイ・バイセクシュアル・トランスジェンダー・インターセックス）の物語が存在することが重要だ」と語っている[※3]。

　日本にも既にいくつかトランスジェンダーを描いたマンガが存在している。FTMのテーマに絞っても、芹沢由紀子『オッパイをとったカレシ。』（講談社、2002年）、『オッパイをとったカレシ。―約束―』（講談社、2010年）、杉山文雄原案、寄田みゆき『ダブルハッピネス』（講談社、2007年）、竹内佐千子『男になりタイ！　私の彼氏は元オンナ』（メディアファクトリー、2008年）、山岸ヒカル『男になりたい！』（中経出版、2013年）といった作品がある。本書が加わることで、日本の当事者にさらなる心の支えが、そうでない人たちには誤解や偏見や無理解を減ずるきっかけが、ひとつでも増えることになれば幸いである。

　本書の翻訳に当たって、絵本『ふたりのママの家で』（サウザンブックス、2018年）の編集を手掛けられた八尋遥さんにいろいろと相談に乗っていただいた。記して感謝の意を表したい。

2019年3月

訳者

※1　「Quotidien」TMC放送局、2018年10月2日放送
https://www.tf1.fr/tmc/quotidien-avec-yann-barthes/videos/invites-lucas-catherine-castro-repondent-appelez-moi-nathan.html

※2　「Magazine de la santé」France 5放送局、2018年10月12日放送
https://www.francetvinfo.fr/sante/sexo/appelez-moi-nathan-histoire-d-un-changement-de-genre_2982809.html

※3　"Appelez-moi Nathan, la transition d'un adolescent trans racontée en BD", BFM TV (2018年9月8日掲載)
https://www.bfmtv.com/societe/appelez-moi-nathan-la-transition-d-un-adolescent-trans-racontee-en-bd-1519454.html

原作：カトリーヌ・カストロ（Catherine Castro）

パリ・ソルボンヌ大学で歴史学を学んだのち、フランスの女性誌『マリ・クレール』の記者に。ジェンダーの問題に興味を持ち、世界中を取材して回っている。共著に女性をテーマにした小説アンソロジー『11人の女性たち——11の未発表小説（11 Femmes: 11 Nouvelles inédites）』。本書『ナタンと呼んで』は実話をもとにした物語だが、主人公のモデルとなった人物の母親と古くから友人で、その人物を幼い頃から知っていたこともあり、本書の原作を担当することになった。

作画：カンタン・ズゥティオン（Quentin Zuttion）

ディジョンの国立高等美術学校を卒業後、イラストレーター、バンド・デシネ作家に。2014年、オンラインマガジン「madmoiZelle.com」でデビュー。Mr.Q（ムッシュー・キュ）名義で絵と文章を織り交ぜた記事を定期的に発表した。作画を担当したバンド・デシネとして、Mr.Q名義では2016年『ベッドの下で（Sous le lit）』、2018年『色視（Chromatopsies）』。同年、カンタン・ズゥティオン名義で本書を刊行。

訳者：原正人（Masato Hara）

1974年静岡県生まれ。学習院大学大学院人文科学研究科フランス文学専攻博士前期課程修了。フランス語圏のマンガ"バンド・デシネ"を精力的に紹介するフランス語翻訳者。ジュリー・ダシェ＆マドモワゼル・カロリーヌ『見えない違い——私はアスペルガー』（花伝社、2018年）、アレックス・アリス『星々の城』（双葉社、2018年）を始め訳書多数。監修に『はじめての人のためのバンド・デシネ徹底ガイド』（玄光社、2013年）がある。

※本書110-111頁の手術に関する記載については、原文を尊重しており、実際とは異なる場合がございます。

ナタンと呼んで——少女の身体で生まれた少年

2019年4月20日　初版第1刷発行

著者―――――原作：カトリーヌ・カストロ
　　　　　　　作画：カンタン・ズゥティオン
訳者―――――原　正人
発行者――――平田　勝
発行――――― 花伝社
発売――――― 共栄書房
〒101-0065　東京都千代田区西神田2-5-11 出版輸送ビル2F
電話　　　　03-3263-3813
FAX　　　　03-3239-8272
E-mail　　　info@kadensha.net
URL　　　　http://www.kadensha.net
振替　　　　00140-6-59661
装幀―――――生沼伸子
印刷・製本――中央精版印刷株式会社

©Editions Payot & Rivages／原正人
本書の内容の一部あるいは全部を無断で複写複製（コピー）することは法律で認められた場合を除き、著作者および出版社の権利の侵害となりますので、その場合にはあらかじめ小社あて許諾を求めてください

ISBN978-4-7634-0879-2 C0098

マッドジャーマンズ
──ドイツ移民物語

ビルギット・ヴァイエ 著
山口侑紀 訳

定価（本体1800円＋税）

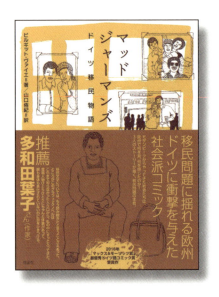

●移民問題に揺れる欧州
ドイツに衝撃を与えた社会派コミック。モザンビークからやってきた若者たちは、欧州で何を見、何を感じたのか？
3人のストーリーが描く、移民問題の本質。
推薦　多和田葉子さん（作家）

第22回文化庁メディア芸術祭審査委員会推薦作品

見えない違い──私はアスペルガー

ジュリー・ダシェ　原作
マドモワゼル・カロリーヌ　作画
原　正人　訳
定価（本体2200円＋税）

●マルグリット、27歳。本当の自分を知ることで、私の世界は色付きはじめた

フランスでベストセラー！アスペルガー当事者による原作のマンガ化。「アスピー」たちの体験談と、日常生活へのアドバイスも収録。

第22回文化庁メディア芸術祭（文部科学大臣賞）
マンガ部門新人賞受賞

ゴッホ──最後の3年

バーバラ・ストック　作
川野夏実　訳
定価（本体2000円＋税）

●新たな視点からゴッホの晩年を描き出す
「星月夜」「ひまわり」「夜のカフェテラス」など傑作の生まれた3年間。その果てに彼が見出したものとは──？
アムステルダム・ゴッホ美術館監修

禁断の果実
──女性の身体と性のタブー

リーヴ・ストロームクヴィスト　作
相川千尋　訳
定価（本体1800円＋税）

●フェミニズム・ギャグ・コミック！
　スウェーデンで激しい議論を巻き起こした問題作。女性の身体をめぐる支配のメカニズム、性のタブーに正面から挑み、笑いを武器に社会に斬り込む。

わたしが「軽さ」を取り戻すまで
——"シャルリ・エブド"を生き残って

カトリーヌ・ムリス　作
大西愛子　訳
定価（本体1800円＋税）

●あの日を境に、私は「軽さ」を失った——
シャルリ・エブド襲撃事件生存者、喪失と回復の記録
2015年1月7日、パリで発生したテロ事件により12人の同僚を失うなか、ほんのわずかな偶然によって生き残ったカトリーヌ。
深い喪失感に苛まれながらも、美に触れることによって、彼女は自分を、その軽やかさを少しずつ取り戻す。